EL DUENDE VERDE

ANAYA

Juan Ignacio Luca de Tena, 15. 28027 Madrid
www.anayainfantilyjuvenil.com
e-mail: anayainfantilyjuvenil@anaya.es

1.ª edición, marzo 2003

Diseño: Taller Universo

ISBN: 84-667-2476-1
Depósito legal: M. 3.464/2003

Impreso en ORYMU, S. A.
Ruiz de Alda, 1
Polígono de la Estación
Pinto (Madrid)
Impreso en España - Printed in Spain

EL DUENDE VERDE

Antonio Martínez Menchén

LA PUERTA DE LOS SUEÑOS

Ilustración: Teo Puebla

QUERIDO LECTOR

¿No os gustaría a vosotros poseer el secreto de la puerta de los sueños? ¿Entrar en los sueños cuando queráis, encontrar en ellos a la persona que deseáis encontrar, tener siempre sueños maravillosos de divertidas aventuras...? Pues bien, esta es la historia de un niño que se puso a buscar la puerta de los sueños para entrar en ellos y encontrarse con una niña que le gustaba y que había encontrado en un sueño que perdió. Las aventuras de esa busca son las que cuento en este libro. Unas aventuras que son también como un sueño. Unas aventuras que espero os gusten y diviertan.

Para contar estas aventuras yo tuve que dedicarme también a buscar un sueno perdido. Ese sueño es el de un mundo que existió hace muchos años. El mundo de cuando yo era niño. Y que ahora, que ya soy un viejo, me parece tremendamente lejano.

Cuando yo era niño vivía en una pequeña ciudad. El campo estaba a sus puertas. Caminábamos durante diez minutos y ya habíamos dejado de pisar las calles de la ciudad y estábamos pisando las hierbas del campo. Enseguida llegábamos a un río, un río de aguas tan limpias que se podían beber y donde nadaban diversos pececillos que nosotros pescábamos con un aparejo de pesca atado a un palo. Multitud de pájaros cantaban en las ramas y a veces, en nuestro caminar, tropezábamos con un conejo o una perdiz que huían ante nuestro paso.

En aquel mundo estaba también la madre o la abuela que nos contaba hermosos cuentos. Porque como no había televisión, las madres y las abuelas sabían muchos cuentos y tenían tiempo para contárnoslos.

Este es un mundo que hoy ya casi se ha perdido. Por eso yo lo evoco en las aventuras de este niño que buscaba la puerta de los sueños. Me divertí mucho al evocarlo. Yo espero que, al leer estas aventuras, vosotros lo paséis muy bien y que, como el niño de la historia, encontréis la puerta de los sueños.

Para mi nieto Luisito.

1

LA mañana en que cumplía los seis años, al despertar, Luisito tuvo una sensación extraña.

En su memoria aparecía la figura de una niña de su edad. Vagamente recordaba que había estado jugando con esa niña durante toda una tarde. No recordaba casi a qué habían estado jugando ni dónde habían transcurrido estos juegos. Tenía la visión de una pradera verde y jugosa, salpicada de flores de vivos colores, por la que habían correteado. Pero todo aquello era muy borroso. Lo único que aparecía claro era la niña. Tan claro como si en ese momento la tuviese ante sus ojos.

La niña llevaba un vestido blanco de tela vaporosa. Su pelo largo, que le caía sobre los hombros, era fino y dorado. Sus ojos parecían dos violetas inundadas de luz. Sus mejillas eran suaves y rosadas. Y entre aquellas rosadas mejillas florecía una sonrisa llena de alegría y de ternura, una sonrisa que a Luisito le pareció la más adorable de todas las sonrisas que había visto en su vida.

Y la visión de aquella niña llenaba a Luisito de alegría, produciéndole un extraño bienestar. Y pensó que aquella niña tenía que ser su mejor amiga, su compañera de juegos.

Entró su madre en el cuarto llevándole los regalos de cumpleaños. Eran un patín y una videoconsola. Pero Luisito, entregado como estaba al recuerdo de aquella niña, apenas les hizo caso. Tras darle un beso y felicitarle, extrañada de la indiferencia que mostraba hacia los regalos, su madre le preguntó:

—¿Pero es que no te gustan...?

—Sí, mamá, me gustan mucho. Pero es que ahora estaba pensando en otra cosa.

—¿Y en qué estabas pensando?

—En una niña con la que he estado jugando. No recuerdo cuándo ni dónde ni a qué hemos jugado. Pero a ella la recuerdo como si ahora mismo estuviese aquí, con nosotros.

—Vamos, hijo —respondió su madre—. Eso es un sueño que has tenido.

—Pero yo no recuerdo mis sueños, y a ella la recuerdo tan bien como si la tuviese ante mis ojos.

—Bueno, a veces pasa eso. Pero no tengas la menor duda de que todo ha sido un sueño.

—Pero, mamá, si ha sido un sueño, entonces a lo mejor no vuelvo a verla. Y yo quiero verla. Yo quiero que ella sea mi amiga.

Su madre le miró un momento pensativa. Después dijo:

—Bueno, puede que vuelvas a soñar con ella...

—Sí. Yo quiero volver a encontrarla. Quiero entrar en mi sueño y encontrarla.

—Pero, hijo, no se entra en los sueños así como así. Entrar en los sueños es como entrar en un cuarto con una puerta cerrada.

—¿Y cómo se abre esa puerta?

—Pues no sé, hijito, y no creo que nadie sepa cómo se abre la puerta de los sueños.

2

PERO tantos deseos tenía Luisito de encontrar a esa niña que estaba dispuesto a encontrar la puerta de los sueños.

Para eso lo primero que tenía que hacer era recordarlos. Pero el caso es que el niño no recordaba casi nunca lo que había estado soñando. Casi podría asegurar que él no soñaba.

Aunque claro está que sí soñaba.

Porque unas veces se despertaba muy alegre, y otras triste, y eso era porque había tenido un sueño alegre o un sueño muy triste. A veces también le había ocurrido que se había despertado con una terrible sensación de miedo, asustado y llorando. Y entonces su madre iba a la cama y le tranquilizaba besándole y diciéndole que no se asustara, que tan solo era que había tenido una pesadilla. Así que él, como todos, tenía sueños, pero lo que ocurría era que esos sueños se le borraban cuando se despertaba.

Y eso es lo que no podía ser. Si quería encontrar la puerta de los sueños y que esa puerta le condujese hasta la niña rubia con los ojos violetas, lo primero que tenía que hacer era procurar que los sueños no se le borrasen al despertar.

Pero aquello no era nada fácil.

«Lo que debo hacer —se dijo— es nada más despertarme ponerme a pensar en lo que he estado soñando. Antes de abrir los ojos, tengo que procurar recordar el sueño. Porque si me despierto sin pensar en lo que he estado soñando y abro los ojos, la luz borra inmediatamente mi sueño.»

Y así lo hizo.

Todas las mañanas, cuando despertaba, Luisito intentaba recordar lo que había soñado.

«¿Qué he estado soñando? —se decía con los ojos aún cerrados—. ¿Qué he estado soñando?»

Pero nada. A pesar de mantener los ojos cerrados, a pesar de ser lo primero en que pensaba nada más despertar, no podía recordar

qué había soñado y ni siquiera si había tenido algún sueño.

Luisito se desanimaba. Una mañana tras otra con la misma cantinela y sin poder recordar nada. Le daban ganas de dejarlo, pero decidido como estaba a encontrar a la niña rubia, no desistía y a la mañana siguiente volvía otra vez a intentar rememorar lo que había estado soñando durante la noche.

Y poco a poco fue avanzando en su recuerdo. No es que recordase un sueño, no. Pero sí aparecían figuras confusas que aunque no podía distinguir, aunque no constituían verdaderamente un sueño, sabía que eran los restos borrosos de lo que había estado soñando.

Y así estas figuras iban aclarándose hasta que al fin, una mañana, pudo recordar su sueño.

3

LUISITO abrió los ojos. Estaba en su cama, pero era como si no estuviese. Su habitación no era su habitación, sino una sala enorme, llena de muebles enormes, entre los que él corría desesperadamente en busca de un agujero que se abría en la pared a ras del suelo, mientras sentía a su espalda el bufido de un gato que con una pala de hierro iba descargando golpes detrás de él intentando aplastarlo.

Al fin supo que aquello no era real, que era tan solo el sueño que había soñado aquella noche y que ahora recordaba perfectamente.

¡Valiente sueño! Se había pasado toda la noche soñando con Tom y Jerry, aunque Jerry era él y, a diferencia de lo que pasaba en los dibujos, no era el ratón el que ganaba siempre, sino el gato, y a él le tocaba perder y llevarse todos los golpes y sobresaltos.

Pero con aquel sueño, además del susto y la angustia que le hacía pasar, no podía sospechar cómo podría encontrar aquella puerta de los sueños que le llevaría a la niña rubia.

Bueno, lo importante es que al fin recordaba lo que soñaba por la noche. Podría tener otra clase de sueños y en uno de ellos encontrar la solución.

Y así Luisito, nada más despertarse, hacía un esfuerzo y recordaba lo que había estado soñando la noche anterior.

Pero ¡maldición!: todos sus sueños eran de dibujos animados.

Unas veces eran las tortugas Ninja. Otras Scoopy y su pandilla. Otras el Pájaro Loco. Otras Correcaminos.

Y siempre persiguiendo y siendo perseguido, golpeando y siendo golpeado, arriba y abajo, sin un momento de reposo.

Y eso cuando no se llenaban sus sueños de vampiros, de monstruos galácticos, de robots y naves espaciales, de superhéroes que intentaban destruirle.

No le extrañaba que con tanto ajetreo se despertase temblando, nervioso, con el co-

razón golpeándole el pecho como un reloj loco.

Era mejor antes, cuando no recordaba lo que había soñado.

Y, además, tampoco le valía de nada recordarlo, porque estaba convencido de que aquel camino no le iba a llevar a la puerta de los sueños.

¿Qué podría hacer?

Entonces a Luisito se le ocurrió que si siempre estaba soñando con dibujos animados es porque siempre estaba viendo esos dibujos en la televisión y jugando con ellos en la videoconsola.

Así que decidió ver menos dibujos animados.

Sabía que era duro, que le iba a costar conseguirlo.

Pero también sabía que era el único medio de que disponía para descubrir la puerta de los sueños y lograr su propósito: encontrar a la niña de cabellos dorados.

4

PERO la cosa no era fácil.

Durante algunos días no soñó con dibujos animados. Ni con dibujos animados ni con nada, porque dejó de soñar.

Despertaba y, lo mismo que le ocurría antes, no podía recordar lo que había soñado durante la noche. Todo era negro, solo negro.

Hasta que un buen día se encontró en medio del bosque verde.

Pensó que era un sueño, pero no estaba muy seguro, porque todo le resultaba real. No sabía si estaba despierto o durmiendo.

Solo sabía que le rodeaban unos altos árboles, verdes como la hierba.

Había también otros árboles de tallo verde cuya copa era una margarita y otros que tenían una hermosa copa roja de amapola.

Fue entonces cuando vio la oruga.

La oruga le llegaba a la mitad de su pantorrilla, pero su longitud era mayor que la altura de Luis.

Entonces, al ver aquella oruga gigante y aquellas hierbas altas como árboles, y aquellas enormes margaritas y amapolas, pensó que a lo mejor no es que todo fuese grande, sino que él se había hecho pequeño, muy pequeño.

Y, cosa rara, aquello ni le extrañaba ni le importaba demasiado.

Tampoco le importó ni le extrañó cuando la oruga le dijo:

—¿Dónde vas tú por aquí? Ten cuidado, no vayas a tropezar conmigo.

Tan poco le importó que la oruga hablara, que contestó a su pregunta:

—Voy buscando —dijo— la puerta de los sueños. ¿No sabrás tú dónde está?

—Pues el caso es que no lo sé —respondió la oruga—. Creo que hubo un tiempo en que lo sabía, pero se me ha olvidado.

—¿Y quién puede saberlo?

—Pues no lo sé. Puede que lo sepa la rana sabia.

—¿Y dónde está esa rana?

—Al otro lado del río. Yo voy allí, así que, si quieres, puedes acompañarme.

Así que siguió andando a la par de la oruga. Lo malo es que la oruga se movía tan despacio, tan despacio, que él empezó a desesperarse.

—Oye —dijo—, ¿no puedes andar más deprisa?

—Este es mi paso. Si quieres acomodarte a él, bien; si no, puedes seguir solo tu camino.

Pero como no sabía cuál era el camino que conducía hasta la rana sabia, tuvo que conformarse y acomodar su paso al arrastrar cansino de la oruga.

Así que, moviéndose a paso de tortuga, continuó anda que anda, desesperándose porque pensaba que con aquella marcha no iba a llegar nunca al río donde estaba la rana sabia.

Pero todo tiene su fin y, después de un tiempo interminable, se encontró junto al río.

—Bueno —dijo—, ¿dónde está esa rana?

—Está en la otra orilla.

Pues sí que estaba aviado... Aquel río era demasiado ancho y profundo para que él pudiera cruzarlo. Además, para acabar de arreglar la cosa, la oruga dijo:

—Ahora tengo que echar un sueñecito.

Y ni corta ni perezosa sacó un saco de dormir de su tripa, un saco hecho de pelo blanco, y se metió en él cerrándolo completamente en torno suyo.

Luis se sentó, lleno de rabia. ¿Qué podía hacer, sin poder atravesar el río, sentado allí junto a aquella oruga envuelta en su saco de dormir? Era como para desesperarse.

Pasó un tiempo que a Luisito se le hizo interminable.

De pronto se abrió el saco de dormir. Luis creyó que iba a salir la oruga, pero no. En lugar de la oruga salió una bonita mariposa de alas blancas.

La mariposa, de un vuelo, se subió en una margarita gigante. Después, de otro vuelo llegó junto a Luis y, posándose en tierra, dijo:

—Anda, móntate en mi espalda.

Tras un momento de duda, Luisito se subió en la mariposa. Esta levantó el vuelo, y en un instante estaban ya en la otra orilla del río.

La mariposa volvió a posarse en el suelo.

—Bájate ya, que estoy cansada de llevarte a cuestas.

Luis echó pie a tierra y vio cómo la mariposa se alejaba revoloteando de flor en flor.

5

BIEN, ya estaba en la otra orilla del río y según la oruga que ahora era una mariposa allí es donde podía encontrar a la rana sabia que podría informarle de cuál era la puerta de los sueños. ¿Pero dónde estaba la rana?

Comenzó a andar de un lado para otro un tanto desconcertado. En las aguas del río se deslizaban rápidos sobre sus largas patas los zapateros y revoloteaban las libélulas. Luis se sintió algo inquieto pues había oído decir que las libélulas eran animales de presa, muy feroces, y aquellas libélulas eran tan grandes como él o, a lo mejor, él era tan pequeño como ellas. De todas formas muy bien podrían atacarle, así que lo mejor sería alejarse del río.

Empezó a andar apartándose del río. De pronto, de la dirección en que marchaba, le llegó un tremendo croar de rana. Apresuró el paso. Seguramente quien croaba era la rana sabia.

Pronto la vio. Rodeada de juncos había una charca de aguas verdosas y allí, sobre una piedra, croa que croa, hinchando y desinflando su cuello, estaba una rana.

La rana era un enorme ranón, mucho más grande que él. Aunque, claro, a lo mejor era una ranita y, si él se había vuelto del tamaño de un insecto, por eso le parecía tan grande. De todas formas, a diferencia de lo que le había ocurrido con las libélulas, ahora no tuvo miedo. Así que muy cortésmente se dirigió a la rana y le dio los buenos días.

La rana dejó de croar. Le miró con sus ojos saltones como si fuera un bicho raro y luego dijo:

—Eres un animal muy extraño. Nunca había visto antes uno como tú. ¿Qué es lo que buscas por aquí?

A Luis no le extrañó entender el lenguaje de la rana ni que la rana comprendiese el suyo. Tampoco se enfadó porque la rana le llamase bicho raro. A Luis ya no le extrañaba nada. Así que contestó a la rana que estaba

por allí porque andaba buscando la puerta de los sueños.

—Ah —dijo la rana—, conque la puerta de los sueños... ¿Y crees tú que se encuentra por aquí?

—No lo sé. Pero me dijo una oruga que a lo mejor la rana sabia conocía dónde se encontraba. Y tú eres la rana sabia, ¿verdad?

A la rana se le hinchó el pecho de orgullo. Después dijo:

—Pues sí, yo soy la rana sabia. Pero aunque soy muy sabia y sé muchas, muchas cosas, no conozco dónde se encuentra la puerta de los sueños. Eso no lo sé.

Luisito se quedó desilusionado con aquella respuesta de la rana. ¿Qué podía hacer ahora? Lo mejor sería volver a su casa, ¿pero cómo...? Además había ido a buscar la puerta de los sueños y él no se daba fácilmente por vencido. Así que insistió.

—¿Y tú no sabes —dijo— quién puede saber dónde está la puerta de los sueños?

—Eso sí que lo sé. Seguro que la niña del río sabe dónde se encuentra la puerta de los sueños.

—¿Y dónde puedo encontrar a la niña del río?

—Antes era muy fácil porque estaba aquí mismo, en el río. Pero tuvo que marcharse y ya no sé dónde está.

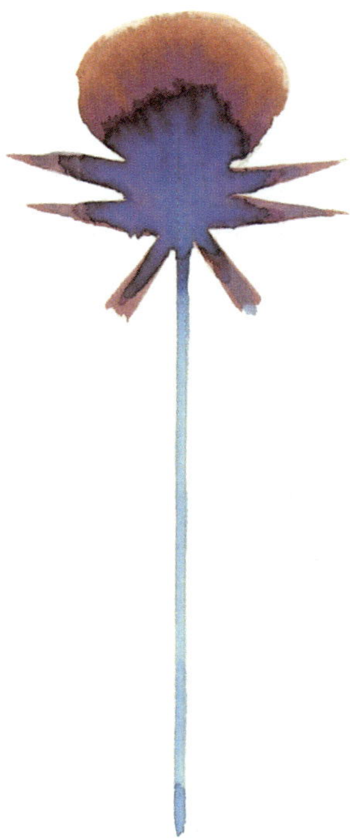

6

LA niña del río —dijo la rana— vivía en la poza más profunda, donde el agua es oscura y brillante como el terciopelo. Tenía una bonita casa de juncos en lo hondo de la poza. El río estaba lleno de vida. En las cuevas de sus márgenes se ocultaban los cangrejos. Los patos silvestres nadaban en sus aguas. Venían las tórtolas a beber y el martín pescador de cabeza de esmeralda y dorso azulado revoloteaba raudo, mientras los somormujos metían su cabeza en el agua buscando prender algún pececillo con su largo pico. Nosotras, las ranas, alegrábamos el lugar con nuestro continuo canto.

La niña del río vivía feliz. Tenía una carroza de conchas, guiada por un barbo bigotudo y arrastrada por dos veloces truchas, con la que se paseaba a lo largo del río seguida por una bandada de gobios y bermejuelas. A veces cabalgaba en una hermosa carpa que daba grandes saltos desde el fondo hasta alcanzar casi las ramas de los árboles. También le gustaba nadar sacando del agua su cabeza de rubios cabellos y sus blancos brazos, mientras dejaba una estela de espuma con las sacudidas de su cola con escamas de plata.

Al atardecer los peces se reunían alrededor de la niña para escuchar sus cuentos. Sabía viejas historias de cuando la tierra era joven. Entre esas historias seguro que también sabía la de la llave de los sueños.

Este era el más feliz de los ríos. Pero todo empezó a estropearse. Primero vinieron los pescadores. Aunque la niña avisó a los peces sobre lo malvado de sus intenciones, muchos de ellos no hicieron caso y pagaron su desobediencia boqueando sobre los juncos, con su hocico sangrante por la herida, hasta morir.

Pero los pescadores al menos respetaban las aguas. Después fue peor. Llegaron los excursionistas y todo lo estropearon. Arrojaban al agua todo tipo de inmundicias. En las aguas flotaban las botellas y las bolsas de plástico. La música de sus transitores asustó a las aves de la ribera, que huyeron en busca de lugares más tranquilos. Los peces y los cangrejos comenzaron a enfermar.

Pero el fin llegó cuando montaron la fábrica en el lugar en que antes estaba el molino viejo, en el que vivían el gran búho y las lechuzas. Derribaron el molino y en su lugar levantaron la gran fábrica de ladrillo rojo con sus altísimas chimeneas que arrojaban continuamente un sucio humo amarillento. Y las aguas del río comenzaron a cubrirse de grandes copos de espuma amarillenta entre los que flotaban boca arriba centenares de peces muertos. Las aguas antes cristalinas estaban sucias y desprendían un olor pestilente. Todos, peces, cangrejos, todos los que consiguieron salvar sus vidas huyeron de aquel lugar. También huyeron las ranas. Solo unas pocas, como yo, quedamos en los charquitos que las aguas subterráneas habían ido formando junto a la orilla del río.

La niña también se fue. Se fue buscando unas aguas limpias donde poder construir de nuevo su morada. No sé si las habrá encon-

trado. No sé si quedan ya aguas limpias en algún lugar de la tierra. No sé si vive o también como tantos de sus peces ella ha muerto.

Sí, seguro que te hubiera podido decir dónde se encuentra la puerta de los sueños. Pero ella ya no está aquí.

7

CUANDO terminó su historia, la rana de un salto se sumergió en su charca. Luis se quedó solo, sin saber qué hacer.

Empezó a caminar alejándose del río. Era una llanura de pan llevar, en la que se levantaban algunos álamos y olmos. El sol brillaba radiante y Luis empezó a sentirse agobiado por el calor.

En la rama de un árbol cantaba un mirlo. Luis se acercó. Como se había acostumbrado a hablar con los animales y estos entendían su lenguaje y él el suyo, se dirigió al mirlo.

—Hola, mirlo —dijo.

—Hola —replicó el pájaro—. ¿Qué haces por aquí?

—Estoy buscando la puerta de los sueños. A lo mejor tú puedes ayudarme. ¿Sabes por casualidad dónde está?

—No. Yo no sé dónde está, aunque he oído hablar de ella.

—¿Y no conoces a nadie que pueda saber dónde se encuentra?

—Bueno, yo creo que la reina de las aves tiene que saber dónde está la puerta de los sueños. Ella lo sabe todo.

El niño quedó en silencio durante un momento, pensando. Después se dirigió de nuevo al mirlo, preguntándole:

—¿Y no sabes dónde puedo encontrar a la reina de las aves?

—Pues no lo sé. Antes venía mucho por aquí, pero desde que pasó lo que pasó ya no viene.

—¿Y qué pasó?

—Bueno —respondió el mirlo—, antes esto estaba lleno de toda clase de aves. Cuando salía el sol, de los trigales se levantaban las alondras como flechas hacia el cielo cantando al día. En su emigración llegaban bandadas de estorninos que se extendían como manchas pardas sobre los prados. También al amanecer cantaba la perdiz y, cuando atardecía, las codornices se llamaban desde los trigales. Había

aves de vivos colores. El abejaruco, amarillo, verdoso y rojo oscuro, y la oropéndola de alas negras y cuerpo amarillento.

—Debían de ser —interrumpió Luisito— muy bellas esas aves.

—Sí que lo eran. Y además estaban los pájaros cantores que alegraban el aire con sus trinos. Estábamos nosotros, los mirlos. Y luego los pequeños pajarillos. Los jilgueros, de pecho rojo. Los pardillos. Los pequeños verderones. Y, sobre todo, el rey de las aves canoras, el maravilloso ruiseñor de trino inigualable.

—¿Y dónde están ahora esos pájaros?

—Murieron. Y los que no murieron, huyeron de aquí.

—¿Y por qué?

—Porque pasó lo que pasó. Llegaron las cosechadoras y destrozaron todos los huevos y crías de las codornices, los sisones, las avutardas y las perdices. Luego estaban los insecticidas. Mataban a los insectos, pero también a las aves que se alimentan de insectos. Y los pesticidas y los abonos químicos enfermaban a las que se alimentan de granos y frutas. Y así es como todo el lugar se quedó sin pájaros. Yo estoy aquí de paso, pero dentro de un rato me iré en busca de un sitio en que pueda vivir. Mira las únicas aves que encuentras aquí: las aves carroñeras, grajos y urracas. Los demás han muerto o han huido como yo voy a huir. Por eso, por aquí no volverá más la reina de las aves. ¿A qué va a venir, si ya no hay aves?

8

DESANIMADO, Luisito comenzó a andar y andar. Y así es como llegó hasta un gran bosque.

Era un bosque espesísimo, de árboles altos y frondosos que apenas dejaban pasar el sol e impedían contemplar el cielo. Luisito caminaba por él como por el interior de un pozo. Tenía incluso una sensación de humedad. Empezó a sentir miedo. Le pareció oír el aullido de los lobos, pero se tranquilizó diciendo que aquel ruido no era el producido por los lobos, sino por el viento que silbaba entre las ramas.

Ahora Luisito tan solo deseaba estar de nuevo en su casa, en su cuarto, en el calor de su camita, olvidándose de ese inútil caminar de un lado para otro buscando la puerta de los sueños. ¿Pero cómo llegar a su casa? ¿Qué podría hacer, aparte de andar sin ton ni son, para salir de aquel bosque?

Había llegado a un claro. Un haz de luz verde iluminaba el suelo musgoso. Cansado, Luisito se sentó junto a un pino y, casi sin darse cuenta, se quedó dormido.

Cuando despertó, no sabía el tiempo que había estado durmiendo. Debía ser alrededor del mediodía, porque el sol, en el claro, brillaba sobre su cabeza, calentándolo con su luz.

Cerca de él jugaban dos ardillas con sus colas levantadas, correteando y sentándose de vez en vez sobre sus patas. Pensó que podía preguntarles si sabían dónde se encontraba la puerta de los sueños. O mejor aún, si sabían cómo podría salir de aquel bosque tan espeso y volver a su casa. Pero cuando se levantó para dirigirse a ellas, las ardillas, asustadas, treparon por un pino y se perdieron en su copa.

Luisito, desanimado, comenzó otra vez a caminar. No sabía qué dirección llevaba ni adónde podrían conducirle sus pasos. Andaba sin rumbo, sin saber si aquel andar le serviría para abandonar aquel bosque o si, por el contrario, le adentraría cada vez más en él perdiéndole definitivamente.

Llevaba así un buen rato caminando cuando de pronto se encontró con una mujer que llevaba una carga de leña al hombro.

Luisito, al verla, se alegró. Aquella mujer podría sacarle del bosque. Pero cuando vio más de cerca a la mujer, su alegría se cambió en miedo, porque aquella mujer le pareció una bruja.

Tampoco le tranquilizaron mucho las palabras de la mujer.

—¿Qué haces tú solo por aquí? —le preguntó—. ¿Es que te has perdido en este bosque y no sabes salir de él?

Luisito iba a contestarle de una manera afirmativa. Pero recordó todos los cuentos en que una bruja del bosque se gana la confianza de los niños para llevarlos a su casa con la intención de devorarlos. A lo mejor si le decía a la mujer que estaba perdido, esta se ofrecía a sacarle del bosque con la intención de llevarle a su cabaña y allí matarlo o hechizarlo. Así que prefirió permanecer en silencio, sin contestar a la pregunta de aquella vieja.

La mujer dejó en el suelo su carga de leña y se le acercó. Luisito, instintivamente, dio un paso hacia atrás.

—¿Por qué retrocedes? ¿Es que te doy miedo? Sí, ya sé en lo que estás pensando. Estas pensando que soy una bruja de esas que se dedican a encantar o a devorar a los niños perdidos en el bosque. Pues no, no soy una bruja. Ahora te diré quién soy.

Y sentándose en el suelo. La vieja comenzó a hablar.

9

YO era una mujer hermosa —dijo—, pero el tiempo esconde una fea máscara. Ahora mi cara está llena de arrugas, mi barbilla es saliente y afilada, mi nariz ganchuda, mis cabellos lacios y blancos. Si una figura así aparece en el bosque y vive en el bosque, entonces la gente puede tomarla por una bruja. Y esto es lo que ocurre. De mí han dicho que soy la bruja Babayaga, que vive en una cabaña construida sobre dos patas de gallina. Han dicho que soy la malvada antropófaga que aprisionó a Hansel y Gretel con el cebo de su casita de chocolate. Han dicho Dios sabe cuántas cosas más... Por eso no es extraño que, al verme, tú también te hayas asustado. ¿A que tú también me tomaste por una bruja?

Luisito se mantuvo callado, mirando fijamente a la anciana. Ahora se sentía más tranquilo. Tras un corto silencio, la mujer continuó con su charla.

—Bien —siguió la anciana—, pues no soy una bruja. Soy solo una mujer que al envejecer decidió vivir sola en el bosque. Aquí tengo una cabaña hecha de troncos y me alimento con las bayas y las setas que la naturaleza me ofrece. Cuando llega el frío, el bosque me da su leña para que haga una fogata en mi cabaña y entre en calor. Aquí vivo feliz...

—¿Pero no le resulta triste vivir sola? —preguntó el niño.

—Vivir sola... Yo no vivo sola. Tengo los pájaros que me saludan con sus cantos y los pequeños animalitos del bosque, los conejos, las ardillas, los ratoncitos, que son mis amigos y juegan conmigo y me hacen compañía. La soledad, la más horrible soledad, es la que hoy en día padecen los ancianos en nuestras ciudades.

Tras un momento de pausa, la vieja continuó:

—Seguro que tú no te has fijado nunca en sus ojos, en la enorme tristeza que hay en sus ojos. Es la que produce el sentirse abandonados, olvidados por aquellos hijos que criaron y que ahora los dejan como a un trasto viejo; por

esos nietos que no los quieren, que se ríen de ellos, que se molestan porque interrumpen su juego o su programa de televisión al solicitarles una atención que no quieren prestarles. Es el abandono de unas personas lentas en medio de una sociedad acelerada, llena de prisa, de ruidos. El abandono de unas personas que ya no tienen dinero en una sociedad donde el dinero es el único y supremo bien. Yo no quise sentirme así y, cuando comprendí que también iba a convertirme en un trasto viejo, en un estorbo, me vine a vivir al bosque.

Ahora Luisito miraba a la anciana con cariño. Le daba pena lo que le había contado y comprendía por qué prefería vivir en el bosque en lugar de vivir en la ciudad. Cuando volviese a su casa y fuese a visitar a sus abuelos, sería muy cariñoso con ellos para que no se sintiesen solos y decidiesen irse a vivir como la anciana al bosque.

—¿Y tú qué haces en el bosque? —preguntó la viejecita.

—Estoy buscando la puerta de los sueños. ¿No sabrá usted dónde está?

—Pues no. Creo que hubo un tiempo en que lo sabía, pero se me debe de haber olvidado como también se me olvidaron los cuentos que aprendí de mi madre. Antes las abuelas contábamos cuentos a los niños, pero como ahora los niños no tienen tiempo para las abuelas, de no contarlos acaban olvidándosenos. Y puede que con ellos olvidase también dónde se encontraba la puerta de los sueños.

—¿Y no sabe quién podría decirme dónde se encuentra?

—No sé... Acaso pudieras encontrarla entre los viejos juguetes, esos juguetes que ya no se hacen porque nadie juega con ellos. Los camiones de madera, los caballitos de cartón, las peponas de trapo... Acaso entre ellos pudieras encontrar la puerta de los sueños.

—No sé... Ya estoy cansado de buscarla. Ahora solo querría estar otra vez en mi casa. ¿Pero cómo puedo salir de este bosque?

—Yo te ayudaré a salir —dijo la viejecita—. Pero ahora estás muy cansado. Tienes que descansar un poco. Anda, tiéndete al pie de este pino y descansa.

Y Luisito, obedeciendo a la anciana, se tendió a los pies del pino y cerró los ojos.

10

CUANDO abrió los ojos, estaba bien arropadito en su cama.

Pensó que todo había sido un sueño. Que había estado soñando con la oruga y la rana sabia y el mirlo y la reina de las aves y la viejecita del bosque. Todo había sido solo un sueño. Y ahora se alegraba, porque allí, en su cama caliente, estaba mucho mejor que en aquel bosque grande del que no sabía salir y donde había pasado tanto miedo.

Pero, por otra parte, tampoco había podido enterarse de cómo podía encontrar la puerta de los sueños, y esto le daba rabia y pena porque sin encontrar la puerta no podría tampoco encontrar a aquella niña. Y él estaba empeñado en encontrarla y en que aquella niña fuera su compañera de juegos.

De pronto se acordó de una cosa que en su

sueño —o a lo mejor no era un sueño— le había dicho la anciana. Le había dicho que los juguetes viejos podían conducirle a la puerta de los sueños.

Y entonces pensó que allá arriba, en el desván, había algunos de esos juguetes viejos, juguetes que habían sido de papá y mamá cuando eran niños. Acaso ellos pudieran ayudarle.

Así que decidió subir al desván.

Se vistió, lavó y tomó el desayuno. Después, despacio para que su madre no le oyese y preguntara dónde iba, subió hasta el desván.

El desván era un cuarto destartalado, de techo bajo e inclinado. Estaba lleno de cachivaches. Había cestos de mimbre repletos de ropa vieja, dos grandes baúles que, a pesar de sus esfuerzos, no consiguió abrir. Y allá, en el rincón más oscuro, un montón de juguetes viejos y una pequeña estantería con libros.

Luisito se acercó a los juguetes y comenzó a revolverlos. Había, en efecto, un caballito de cartón, una pepona de mejillas desteñidas, trenes y camiones rotos, un yoyó y un diábolo. Eran, en efecto, los viejos juguetes de los que había hablado la viejecita.

Comenzó a darles vueltas sin saber qué hacer. No sabía cómo aquellos juguetes rotos podrían mostrarle la puerta de los sueños. Ni siquiera le servían para jugar. No, por más vueltas que les diese, de allí no iba a sacar nada.

Dejó los juguetes y comenzó a mirar los libros de la estantería. Eran libros también muy viejos. Algunos tenían la firma de papá o de mamá, una firma de letra infantil, vacilante. La mayoría de ellos estaban adornados de bonitas ilustraciones. Casi todos eran libros de cuentos, aunque también había algunos de poesía.

De pronto, Luisito lanzó una exclamación de asombro y alegría. Una de esas ilustraciones era la de la niña de sus sueños.

Sí, era ella, sin duda. Estaba allí, sonriéndole, como invitándole a jugar, a entrar con ella en las páginas del libro.

Bajó con el libro las escaleras de tres en tres. Llegó junto a su madre y dijo:

—¡Mamá, mamá! He encontrado a la niña de mi sueño. Está aquí, en este libro. Voy a leerlo ahora mismo porque así seguro que encuentro finalmente la puerta de los sueños.

—Pues claro que sí... —respondió mamá—. Cuidado que he sido tonta. Cómo no se me ocurrió decirte que los libros son la puerta de los sueños...

ÍNDICE

TÍTULOS PUBLICADOS
Serie: a partir de 8 años

1. *A bordo de La Gaviota*. Fernando Alonso.
2. *El hijo del jardinero*. Juan Farias.
3. *Oposiciones a bruja y otros cuentos*. José Antonio del Cañizo.
5. *Cuatro o tres manzanas verdes*. Carmen Vázquez-Vigo.
11. *El faro del viento*. Fernando Alonso.
14. *Unos zuecos para mí*. Carmen Pérez-Avello.
17. *Historia de una receta*. Carles Cano.
21. *El tesoro de las mariposas*. M.ª Antonia García Quesada.
25. *En Viriviví*. Consuelo Armijo.
27. *Alejandro no se ríe*. Alfredo Gómez Cerdá.
28. *El robo del caballo de madera*. Joaquín Aguirre Bellver.
31. *Don Inventos*. M.ª Dolores Pérez-Lucas.
32. *Cuentos de cinco minutos*. Marta Osorio.
34. *El último de los dragones*. Carles Cano.
35. *Memorias de una gallina*. Concha López Narváez.
36. *El inventor de mamás*. Braulio Llamero.
41. *El Archipiélago de la Cabra*. Antonio Rubio.
42. *La ciudad que tenía de todo*. Alfredo Gómez Cerdá.
49. *La llamada de las tres reinas*. Xoán Babarro, Ana M.ª Fernández.
50. *El pequeño davirón*. Pilar Mateos.
53. *Mi amigo el unicornio*. Antonio Martínez Menchén.
55. *La gallina que pudo ser princesa*. Carles Cano.

56. *Mágica radio*. Francisco J. Satué.
57. *El planeta de Mila*. Carlos Puerto.
61. *Amelia, la trapecista*. Ricardo Alcántara.
62. *Una semana con el ogro de Cornualles*. M. A. Pacheco.
64. *Aventuras de Picofino*. Concha López Narváez.
65. *La aventura peligrosa de una vocal presuntuosa*. Angelina Gatell.
70. *No se lo cuentes a nadie*. M. Assumpció Ribas.
71. *Las desventuras de Juana Calamidad*. Paco Climent.
75. *La bici Cleta*. Daniel Múgica.
77. *En mi casa hay un duende*. Antonio Martínez Menchén.
80. *De hielo y de fuego*. M.ª Dolores Pérez-Lucas.
83. *Juana Calamidad contra el hombre-lobo*. Paco Climent.
84. *Cara de Almendra*. Juan Tébar.
85. *Los superhéroes no lloran*. Manuel L. Alonso.
95. *Estrella siente el tiempo*. M. Assumpció Ribas.
101. *El gran amor de una gallina*. Concha López Narváez.
102. *El último elefante blanco*. Marta Osorio.
103. *La niña que no quería hablar*. Antonio Martínez Menchén.
109. *Una historia sin nombre*. Antonio Martínez Menchén.
115. *El fantasma de cera*. Emilio Calderón.
117. *Juana Calamidad y la casa encantada*. Paco Climent.
118. *Antón y los baños de luna*. Norma Sturniolo.
121. *Simbad, el niño*. Miguel Rayó i Ferrer.
130. *Pamela Panamá ya no cree en cuentos de hadas*. Violeta Monreal

TÍTULOS PUBLICADOS
Serie: a partir de 10 años

4. *Montes, pájaros y amigos*. Montserrat del Amo.
6. *El largo verano de Eugenia Mestre*. Pilar Molina Llorente.
7. *El Mago de Esmirna*. Joan Manuel Gisbert.
8. *Mi tío Teo*. Pilar Mateos.
9. *El árbol de los pájaros sin vuelo*. Concha López Narváez.
10. *El soñador*. Joles Sennell.
12. *La leyenda de Boni Martín*. José Luis Olaizola.
13. *Nadie habrá estado allí*. Ángela C. Ionescu.
15. *Adiós, Josefina*. José María Sánchez-Silva.
19. *Mi hermana Gabriela*. José Luis Olaizola.
20. *El secreto de Gabriela*. José Luis Olaizola.
22. *Romaníes*. Marta Osorio.
23. *Luna en la frente*. Joaquín Aguirre Bellver.
24. *La Cuesta de los Galgos*. Juan Farias.
26. *Lope y su amigo indio*. Juan Ignacio Herrera.
30. *Mi amigo Fernández*. Fernando Lalana, José María Almárcegui.
33. *La pareja indomable*. Jesús Ballaz.
37. *El gigante que perdió una bota*. Carlos Murciano.
38. *Jim*. Manuel L. Alonso.
39. *El día que hizo mucho viento*. Jorge Bogaerts.
43. *El Gran Dragón*. Jordi Sierra i Fabra.
44. *Bilembambudín o el último mago*. Elsa Bornemann.
45. *Pan Gu*. Fernando Almena.
51. *La isla de las montañas azules*. Manuel L. Alonso.
58. *Silverio el Grande*. Pilar Mateos.

59. *Encuéntrame un tesoro*. Joles Sennell.
66. *Prohibido llover los sábados*. Maite Carranza.
67. *Cuentos roídos*. Carles Cano.
68. *14 de febrero, San Valentín*. Ricardo Alcántara.
72. *Los monstruos de la niebla*. Fernando Martínez Laínez.
73. *Navidad. El regreso de Eugenia Mestre*. Pilar Molina Llorente.
76. *El vampiro del torreón*. Josep Lorman.
78. *Los viajes de Pericot*. Carles Cano.
79. *Sin miedo a los brujos*. Pilar Mateos.
82. *La guerra de los minúsculos*. Andreu Martín.
87. *Un genio en la tele*. Jordi Sierra i Fabra.
94. *Dilaf el sabio*. César Vidal.
96. *La increíble historia de Fulvio Malagana y su perro Barbas*. Jaume Escala.
98. *Un problema de narices*. Jaume Ribera.
105. *Alba, Blanca y el alot*. Carlos Murciano.
111. *Dilaf y la princesa*. César Vidal.
122. *La música de las tinieblas*. Norma Sturniolo.
125. *Albatros*. Manuel Alfonseca.
128. *Recordada sombra*. Fernando Martínez Laínez

TÍTULOS PUBLICADOS
Serie: a partir de 12 años

16. *Operación Pata de Oso*. María Puncel.
18. *¡¡¡Lambertooo!!!* Jordi Sierra i Fabra.
29. *La nave fantástica*. Jordi Sierra i Fabra.
40. *El lago de plata*. Joaquín Aguirre Bellver.
46. *Relatos galácticos*. Jordi Sierra i Fabra.
47. *La fortuna de Ulises*. Juan Farias.
48. *No somos irrompibles*. Elsa Bornemann.
52. *El hombre que perdió su imagen*. Jordi Sierra i Fabra.
54. *Conspiración en el parque del Retiro*. Avelino Hernández.
60. *Silvián y Dariada*. Víctor Mora.
63. *La momia Regina*. José María Mendiola.
69. *Los ojos del dragón*. Àngels Gardella.
74. *El guardián de la Luna*. Jordi Sierra i Fabra.
86. *La fantástica historia de J. S.* Joles Sennell.
93. *Cuando de noche llaman a la puerta*. Xabier P. Docampo.
104. *La burbuja de la felicidad*. José Luis Olaizola.
108. *El Valle del Infierno*. Avelino Hernández.
112. *Camino de Karibú*. César Pérez de Tudela.
120. *¡Viva la Pepa!* Ramón García Domínguez.
123. *El asesinato del profesor de matemáticas*. Jordi Sierra i fabra.
124. *Cuentos del barón de Cotopaxi*. César Pérez de Tudela.
126. *Sakya, valle de los yetis*. César Pérez de Tudela.
127. *Un español en el Oeste americano*. Juan José Espejo